김태호 제5시집

봄, 오다

한누리
미디어

국립중앙도서관 출판시도서목록(CIP)

봄, 오다 : 김태호 제5시집 / 지은이 : 김태호. — 서울 : 한
누리미디어, 2007
    p. :   cm

ISBN 978-89-7969-310-2 03810 : ₩7000

811.6-KDC4
895.714-DDC21   CIP2007002745

自序

    돌이켜보면 아득한 세월이면서도 한달음에 달려온 짧은 거리로 느껴진다.
    네 번째 시집《해돋이》를 엮은 것이 엊그제 같은데 어느새 아홉해가 훌쩍 지났다.
    그 사이 퇴직 후 숱하게 남아도는 시간이었음에도 간추려 보니 건질 게 별로 없다. 빈 그물에 오른 몇 마리 고기를 바구니에 담는 기분이랄까.
    서산 마루에 걸린 해를 보며 집에 있을 가족들을 생각해 콧노래라도 불러야 할까 보다.
    하찮은 글에 평을 주신 홍윤기(洪潤基) 선생님께 무한한 감사를 드린다.

2007년 9월

金兌浩

차 례

제2부 콩

제3부 말 한 마디

제4부 발신음

제5부 혹이 하나

제6부 시인이여 그대는

제 1 부
봄, 오다

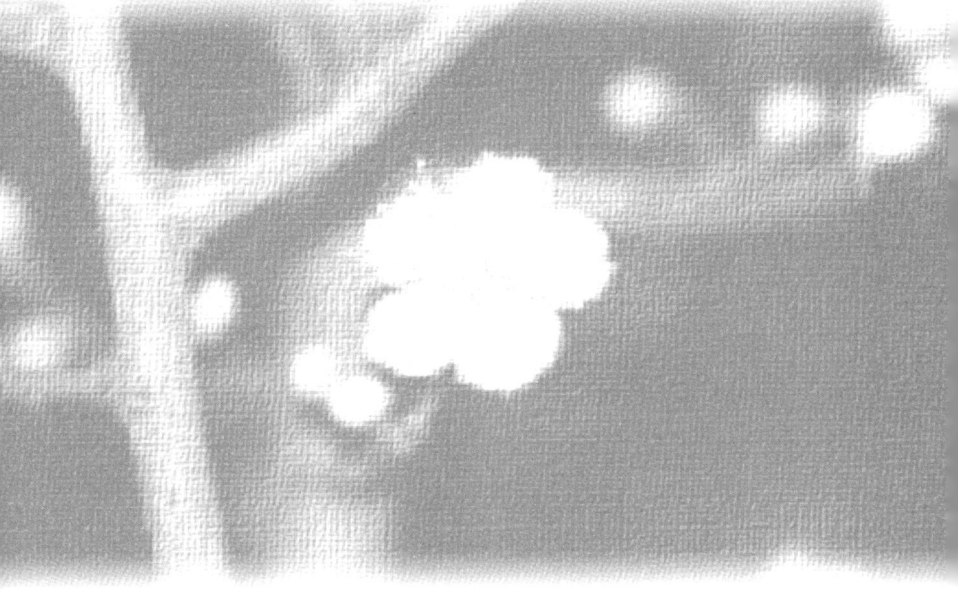

봄, 오다

들 끝에서 걸어오는 이 누구냐
솔잎 사이로 몸 낮춰 부는 바람
마른 솔가지 털어낸 몸짓으로
지붕 꼭대기 올라앉는다
아니 우유빛 하늘 눈부셔
뜰 아래 내려선 당신
어느새 뒤꼍 돌아 둘러친
담장 넘고 있구나
마당귀 엎드린 메마른 풀잎
그대 스쳐간 자리로
파아랗게 봄물 돋아나고

섬진강

산이 좋아 성큼 벼랑타고 모퉁이 돌아서더니
누굴 찾아 마을 따라 오래도록 도는가
머리 맞댄 마이산(馬耳山) 꼭대기
따사한 바람 옥양목 소매폭으로 스며 오면
실개천 조용조용 모여 오백리 먼 길 간다
저기 언덕받이로 슬며시 기대선 산당화
해맑은 복사꽃도 눈빛 뽀송하게 씻고
겨우내 바위틈 잠든 고기떼도 깨운다
여릿여릿 다가오는 연두빛 숨결이구나
아니 번개치는 깊숙한 밤마다
강바닥 속 박힌 모진 돌도 굴려내거나
자갈 동그랗게 바다로 한발 두발 몰아내느냐

아직 손 시린 봄풀 세워 누벼 도는 강물아

난, 꽃피우기

어렵쇼, 불쑥 손 내밀어
길을 수도 없는 물 한 모금
목타는 오랜 가뭄 조용히 달래며
하늘로 살며시 고운 눈짓이라도 보내야지
햇살 막아주는 그늘진 창 앞에서
온날 신음하며 꽃피우려는 난
가늘한 대궁 밀어 실눈 곱다랗게 뜬다
그래, 난은 난인 게지 물 한 방울 없이도
향기 짙은 꽃 피우고야마는 네 모습
반기는 주인 발자국 소리에 놀랬구나
있는 힘 다 주어 꽃잎 펄럭 젖힌다

3월 나무

어제 보던 그 나무 아니다
바람 소리 자욱하던 앙상한
나뭇가지 어느새 두 팔 벌려
기지개 켜는구나
보아라, 눈앞의 나무들
바람 머물다 달빛 머물다
새들 조용히 앉았던 자리
하얀 눈 이고도 안으로
안으로만 숨죽여 흐르던
겨울잠 떨치고 이제 막
깨어나려 하는구나
눈부신 하늘 향해 팔뚝 내미는
저 결연한 자(者)
건듯 부는 바람에도 일렁이는
힘 솟는다
깡마른 가지 푸른 잎 달고
벌판 달려갈 약속이라도 하였는가
뿌리 닿는 밑동에선 검은
기운 솟아 오른다
그대여, 겨우내 움츠렸던

가녀린 나뭇가지
볼품없는 삭정일 털어내고
다투어 하늘 찌르는 잔가지의
대견함이 아름답지 아니한가
어지러운 눈보라
흐린 눈 씻고 먼 산 바라보는
향그러운 숨결
봄 햇살 꿈꾸는 대지 위에
굳은 살 찢어내는 삼월의 나무여

꽃잎 날으던 밤에

어둔 밤 바람이 불었다
오월 하늘에 세찬 바람
나무 흔들며 비 뿌렸다
대롱이던 꽃이파리 바람에 쓸려
어지러이 허공 맴돌았다
뜰 가득 내린 하얀 꽃잎
메마른 육신 떠나면서도
풋한 향기마저 남기는가
그대 새하얀 영혼
깃털 하나로 날아 올라
꽃비 되어 내리소서
물기 떨친 오롯함으로
별 되어 흐르소서

봄빛 행진

실오리 가느단 빛살
찬바람 시샘에 봄길 연다

언덕바지 언 땅
마른 풀잎 일으키고
여린 햇살 한 줌 싹 틔운다

아득한 물소리며 새소리
자잘한 속삭임 망울짓는 눈빛
물 오른 나뭇가지로
플룻 소리 튀어 오르고

부채살 펼치는 볕뉘
씨앗으로 살아서
눈 시린 봄길 소나타로 열린다

5월 언덕

나뭇잎 돋아난 숨결
눈부시게 솟아올랐다
바람에 꺾이운 가지
삭정이 털고 일어선 저
잎새들의 잔치 보아라
하나같이 손 흔들며 뛰쳐 나온
해맑은 얼굴 초록빛
잎새들 타오르는구나
한 올 그림자도 없이 쏟아지는
햇살 속 봉우리 위엔 작은
깃발도 세우지 말자
오직 푸르름으로 열리는 세상
꽃보다 아름다운 오월의
언덕에 서자

유월 장미

부신 햇살 놓칠세라
덤불 속 피어난 장미
열 송이 스무 송이
넝쿨 드리우고
바람 앞에 미소짓는
향기로운 숨결
선홍빛 달려드는
유월의 꽃 보아라
여문 가시 찔리고도
속울음 뱉지 못한
저 찬란한 꽃무덤을

낙엽 밟으며

발자국 소리 놀란 낙엽들
바스락대며 말 건넨다
이른 봄 떡잎 적신 이슬비
쏟아지는 햇살 아래 몸 태우던
단풍빛 얘기한다
아직 남은 입김으로
큰소리치는 얘길 듣노라면
멀리서 기다리는 어린 벗들의
깔깔대는 웃음소리와
학교 운동장 울려 퍼지던
앳된 여선생의 풍금소리
지금도 그곳에 남아 있을
책갈피 속 은행잎 하나
몸 일으키는 낙엽 함께
가을 걷는다

단풍소식

가을이면 편지 날아온다
산 타고 북에서 남으로
골짜기마다 불붙는 소리
설악산 내려 소백산으로
속리산 머물다 내장산으로
지리산 뛰어 영남 알프스로
산등 넘는 새빨간 불길
시시각각 마음 졸이게 한다
올해는 때맞춰 단풍구경 가야지
달력장 앞에 머뭇대지만
사뭇 단풍잎의 잰 걸음에
마음만 달뜰 뿐, 어느새
단풍철 놓치고 나면 어느
벼랑에선가 검붉은 잎새 한 장
날아와 방문 앞에 내려앉는다

제 2 부

콩

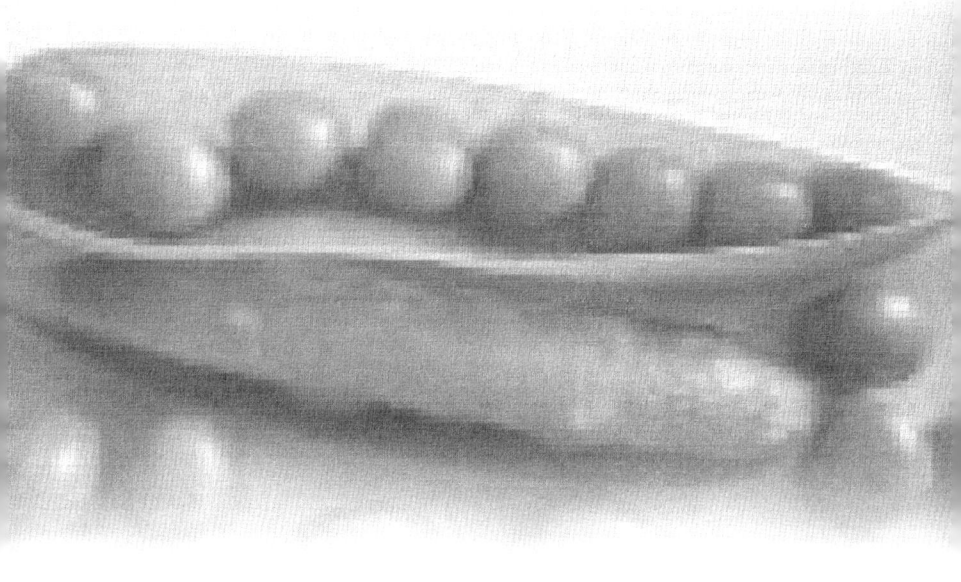

콩

깍지 터쳐 세상에 태어났다
세찬 바람 몸피 단단해지고
도그르르 구르며 신바람 났는데
사람들은 약에라도 쓰려는지
맑은 물로 씻어 소쿠리에 담았다
날 새면 영락없는 가마솥행
"에라 모르겠다 또 한 번 튀자"
소쿠리 밖으로 몸 날렸으나
다투어 투신한 친구들 함께
실신하여 바닥에 널브러졌다
얼마나 오래 지났을까
장작불로 펄펄 삶겨 한 덩이
메주로 공중에 뎅그랑 매달렸으니
깍지 깨고 몸뚱이 굴려도 한 발짝
사람 손안에 든 낟알인 것을
볕 잘 드는 장독대 항아리 잠겨
소금 절인 조선 장맛 익혀야 하리

토장국

맑은 물 뚝배기 불 당긴다
멸치 다시마 우려낸 물 한 소금 끓이다
호박이며 양파까지 어슷하게 썰어넣고
항아리 속 된장 풀면
보글보글 끓는 구수한 내음
천년 지켜 온 웰빙 식단
물리지 않는 토장국일세
시푸른 날콩 비린 기운도
백일 기도 천일 소금 녹아
뜸들인 단맛 몸에 쟁였다
바특하게 끓인 된장 한 술
보리밥 열무김치 곁들이면
천하 일미 아닐는지
입안 가득 풍기는 고향 산천

매생이국 먹으며

바다 자란 풀이라니
바다를 본 듯 반가웁다

막걸리 한 잔 걸친 창밖으로
안개비가 내리고

어둠에 묻힌 바다가
흐느적이며 알몸으로 걸어 나온다

물 속 잠긴 여린 목숨
실핏줄로 떠올라

집채 같은 파도를 마시고도
살아 남은 이야기

하얀 쌀밥 매생이국 앞에
꿈결인 듯 바다향이 피어난다

어라연

어라 어라 여울목도
넘어서 가자

산굽일 돌아 돌아
쉬어서 가자

전설 같은 바위섬
물 가운데 앉아 있고

절벽 위 소나무엔
학이라도 춤을 출 듯

강심 내린 산 그림자
눈 아프게 푸르구나

사공이여 어느날에
뗏목 지어 띄우려나

여흘 여흘 물소리
반딧불이 따라가면

머나먼 바닷길
큰 가람도 만나리니

이끼 낀 바위 올라
묵상이라도 하고 가자

어라 어라 어라연
영겁 내리는 물길

배를 맨 기슭에다
마음 두고 떠나리라

종(鐘)소리

너울너울 꿈꾸듯 이랑을 타고
고개 너머 마을로 달려가는 메아리
부딪치며 쓰러지며 피 흘린 자리
바람 소리 묻혀 길 잃은 게냐
천만 번 두드린 가슴 금이 간 게냐

푸른 하늘 솟아나는 드맑은 소리
아직도 귀에 어려 은은히도 남아라
어스레한 창틀 속삭이듯 다가와
잠든 새벽 일으키는 애틋한 사랑
어제도 잊고 오늘도 잊었으니

이제라 울어라 소리 높여 울어라
까마득히 인정(人定)을 울리며 바라를 치며
빗금진 하늘 비둘기떼 날려라
팔랑팔랑 꽃잎 날으듯 하늘을 날아
닫힌 가슴 무지개로 뻗쳐 오르라

아득히 살아온 날들과 잊혀진 고향
젖내음 같은 어머니의 자장가 소리

긴 강물 따라 청청히도 빛나는
오롯한 숨결, 푸른 목소리
새날인 듯 울어라 그윽한 종소리여

해금을 들으며

에돌다 스러지면
하나 될 수 있을까

벼리고
벼리고
끈적대는 모든 것
냇물 씻어 줄 고르면

말총머리 활에 닿는
명주실 혼
벼랑 타고 산을 오르리

하늘 꼭대기 날으는
저 간절한 울림

천년의 새벽

— 탑(塔) 속에 앉아

바람 소리 귀 대어
흐린 하늘 보나이다
창가에 앉아 졸음 떨치며
두 손을 가슴에 얹나이다

작은 나래짓으로도
푸른 하늘 날으는 새
새들의 가슴은 얼마나 뜨거우리

눈 뜨고도 이적지
나누지 못한 사랑
버리지 못한 남루(襤褸)가
등 뒤에 그림자로 서는데
화해와 용서의 빈 자리는
무엇으로 메울 것인가

어둠살 덮인 밤하늘
총총한 별을 헤아려 본다
거기에도 등불을 지키는
파수꾼이 있고 뿌리를

흔드는 바람이 있다

머리 위엔 반짝이는 샛별
동터올 아침을 예비하고 있다
이마 닿는 밝은 햇살
탑문(塔門) 열고 맞으리라
오소서, 천년의 새벽이여

천년학(千年鶴)

긴 나래 접어
어느결 잠든 모습
머리 위엔 아직도
붉은 관(冠) 얹었구나
벼랑끝 지킨 둥지
피 흘린 사랑
장송(長松)의 그늘에
새벽 바람이 분다
새여 그믐밤에도
깃을 치는 큰 새여
몸을 솟구쳐
하늘을 날아다오
저 북빙양을 돌아
연어떼를 몰고 오는
한밤의 물결 소리
마주치는 서풍에도
길을 열어다오
동해 높은 파도
비상하는 천년학이여

금(禁)줄과 장독대

부정과 악귀를 쫓는다는 금줄
오지항아리 늘어선 장독대 앞에
빨간 고추와 까만 숯검댕일 매단
새끼줄이 쳐 있었다

머리 위로 꽂히는 따가운 햇볕과
서늘한 바람 속에 익어가는 장맛
키 큰 항아리들 불룩한 배를 안고
해산할 날을 꼽고 있었다

항아리 속 모여 앉은 메주덩이
짜디짠 소금물 잠겨 하나같이
몸 사루어 태어나는 꿈
달디단 맛을 녹여내고 있었다

무르익는 향기에 등을 세우고
달려오던 왕잠자리도 고개 젓는
금줄 앞에선 숫제 나래를 떨며
뒷걸음질치고 있었다

마중물

어둠 속 수렁이라도
마중가겠습니다
두 눈 감고 벼랑을 뛰어
넋을 잃는 순간에도
함께하는 기쁨을 맞겠습니다
한 쪽박 그릇에 담겨
허공에 받들어질 때
세상은 온통 눈물의 축제
불꽃마당임을 보았습니다
땅 속 갇힌 물줄기
시원히 솟아나는 흥겨움에
춤을 추는 사람들, 미소짓는
꽃그늘에 눈을 뜨겠습니다
지상의 생령들이여, 다시 만날
부활을 겨냥하소서

잡목 중에서

장작을 패다 보면
내리치는 도끼날에도
끄떡없는 나무가 있다

옹이 박힌 소나무도
내로라는 참나무도
쩍쩍 갈라지며 허옇게
속살 드러내는데

두 팔에 힘 모아 냅다
정수리 날리는 도끼질에도
꿈쩍 않는 나무가 있다

이 따위 잡목쯤이야
손바닥에 침을 묻혀
안간힘을 쓰다 말고
계면쩍게 도끼를 내려놓는다

허허 잡목 중에서도 제법
속찬 녀석이 있었던 게야

제 3 부

말 한 마디

칠지도(七支刀)

고대 백제왕이 왜왕에게 내려준 한 자루의 칼
일본 땅 나라현 텐리시 석상신궁(石上神宮)에는
일곱 개의 날이 달린 백제왕의 칼이 있다네

이름하여 '칠지도' 라 금으로 상감하여 글자 새기고
식민지 후왕(侯王)에게 전해준 다스림의 신표
강철로 담금질한 1천 6백여년 겨레 숨결 살아 있구나

어두운 역사의 뒤안길에 녹슬었으나
하늘 향해 곧추세운 칼날 칼끝엔
아직도 이끼낀 푸른 기운 서려 있나니

헤아려 아득한 바다와 육지 사이
낯선 땅 아우르던 백제인 기상 충천하고
위대함을 깨우쳐 준 칠지도 거룩한 큰 칼이여

말 한 마디

그때 그 말 한 마디
가슴에 닿았다

자랑스런 백제인 왕인(王仁)박사 묘소에서
일본 역사학자 이노우에(井上) 교수가 남긴 말
"설령 이 곳이 왕인의 진짜 묘가 아니더라도
성인(聖人) 왕인을 받드는 일본인의 마음은
영원히 변함이 없을 것입니다"

참으로 오랜만에 듣는 가슴 적시는
서늘한 바람이었다

이역만리 일본 땅에 '천자문' 전하며
문명사회 이끄신 한국인의 조상 왕인묘 앞에서
가깝고도 먼 일본인의 참 목소리 듣는 순간
어쩌면 영영 바람에 실려 날아갔을
그 말 한 마디

멀리 '난파진' (難波津) 바닷가에선
천오백년 꽃향기 날고 있었다

註 : 2006년 11월 13일, 일본 오사카의 '왕인묘소'에서 우리 시인들은 홍
윤기 박사와 정호승 시인, 문효치 시인 등 30여명이 모여 '왕인문화협
회'를 창립했고, 이노우에 교수(교토산대 일본문화연구소장)의 창립 기
념강연도 들었다.
'난파진'(難波津)은 1500년 전인 5세기 초에 왕인박사가 붙인 고대 오사
카의 옛날 지명이다.

하 회

물돌이 마을이라
그 많은 얘기 어디로 스몄는지
한나절 남산 위에 걸린 탈 모습에도
웃음기 걷히고
삼신각의 덩치 큰 홰나무며
만송정의 구부러진 소나무에도
바람 소리가 멎었구나
꾸역꾸역 마을안 고샅길 모여드는
낯선 발자국 소리
주인 없는 솟을대문 앞에 머뭇대는데
머리 위 키 높은 감나무에서
지절지절 텃새들만 지저귀며
손님을 맞고 있었구나
굽이굽이 흐르는 강물 마르지 않는다
새들끼리만 영락없이
마을을 지켜내는구나

고인돌 바라보며

보라, 여기 아스라이 숨쉬며
천, 만년 지켜온 돌 있으이
때론 골짜기, 언덕길 목도하여
마을에도 닿았거니 흩뿌리는
비바람 오롯한 목숨이야
크낙한 기둥처럼 버티었구나
어쩌면 둥글넓적 생긴 그대로
밋밋한 맵시 그대로 님들의
맑은 영혼 깃들인 자리
달빛 잠기우고 햇볕 그을린 채
적막한 바람소리 흔들리나니
후손들이여, 아득한 일월성신
숨 멈추고 정갈히 엎딜지어다
이끼 푸른 노래 시름을 딛고
열두 대문 열린 무덤 앞에
덩실 춤이라도 추어지이다

고인돌 앞에서

고인돌은 알고 있다
저 뭇새들 날아간 하늘
레테강의 신화 모른다 해도
거북등 터지는 아픔
시원한 바람 몰고 오는
한 줄기 소낙비 알고 있다
풀데미 아님 구렁
구렁 아님 토굴 속 몸 낮춘 세월
모른다 해도
태초, 어느 한적한 길 모퉁이
자유로이 날아 숨쉬던
수수만년의 그 넉넉한 시간들
알고 있다

새벽 고인돌

고인돌은 살아 있다
아무도 없는 새벽
육중한 돌문 열리고
뚜벅뚜벅 발자국 소리 들린다
아버지의 아버지
할아버지의 할아버지가
아침 산책이라도 갔다 오시는지
스르르 돌문 닫히고
언저리엔 영롱한 햇살마저 비친다
어제, 오늘도 파아란 하늘빛 머금고
저리도 버티는 것은
진정 안으로만 다스리는 무명실
목숨타래 남아 있음이려니

고인돌의 꿈

고인돌 꿈꾸고 있다
끝없는 침묵으로 받들어
기다리는 눈빛 안으로 여민
바람 하나 갖고 있다
앞 뒷마을 마주 보며
괴임받던 시절 강 건너
돌아갈 날 기다리고 있지
어느 여름 시원한 바람
불어와 곳집 허물고
새들 지저귀는 푸른 하늘
아름다운 강가에 닿는 길
꽃배 띄운 흰 옷 입은 사람들
어기영차 어기영차 노젓는 소리
물결 가르며 달리고 있다

고인돌 왜 우느냐

고인돌은 울고 있다
한겨울 창밖 눈보라
몰아치는 바람 눈감은 채
억겹 타래실 풀리는 강물
속 깊은 울음 울고 있네
긴 봄날 도지는 눈병
허기진 배 움켜쥔 채
황사바람 앓고 있다
천 년 견뎌 온 비바람
안으로 안으로 다스리며
고슴도치로 울고 있는 그대
기억의 저편 흐르는 은하수
달빛 젖어 아무도 없는
새벽강 혼자서 건너고 있다

고인돌 깨어나라

태초에 돌은 아니었어
꿈이었을 게다
빛이었을 게다
비바람치는 황량한 벌판에서
요지부동 앉은 채로 버티는
영겁의 넋이었을 게다
어둠에 묻힌 칠흑의 밤에도 멀리
강을 보고 산 보았을 것이다
아무것도 말하지 말자
바람 따라 지나간 세월
아파하지도 말자
대명천지 알몸으로 태어난 간난의
설움조차 일어서서 맞아야 한다
보라, 고인돌 다시 일어나 앉고 있다

고려인

죽지 부러진 채 산 넘었다
떨어져 나간 지느러미로
세찬 바람 강을 거슬러
아득한 동토(凍土)에 나래 접었다
아리랑 아리랑 아라리요
달빛 타고 들려오는 노래 소리
두고 온 산하 그리메 어린다
푸른 하늘 박꽃 마당
그리운 아사달 땅 돌아갈 수 있을까
장롱 속 다홍치마 둘러입고
어둑한 방안 불 밝힌다
어화둥 금수강산 달리는 길
즈믄 날 하늘에서나 열리려나
꽃잎 위에 뿌리는 눈물
고려인, 그 목메인 이름이여

제 **4** 부
발신음

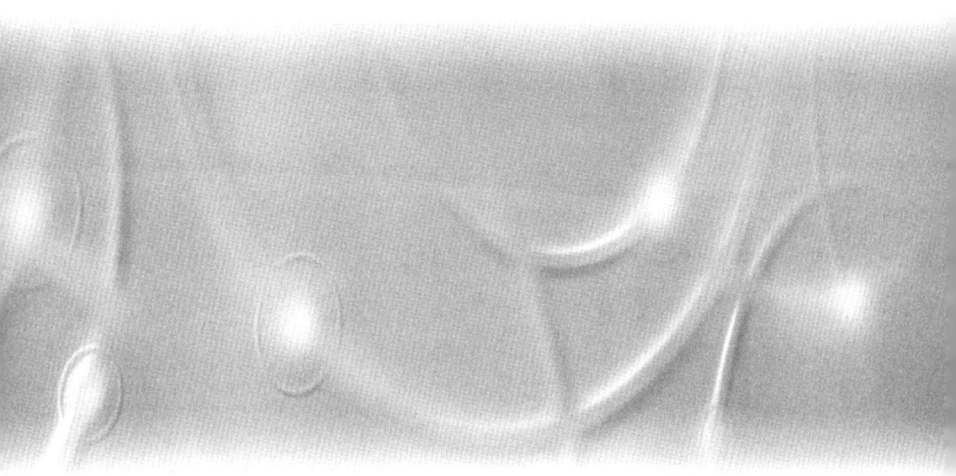

발신음

창 밖으로 들리는
맑은 새소리

아침을 깨우는
가뭇없는 사랑

아 아, 거기 놓여 있었던가

간이역 의자 놓고 나온
핸드폰 하나

누가 발신음 울려줄까
산 너머 저쪽에서

겨울에 우는 소쩍새

누가 이 겨울밤을 울고 있는가
눈 내린 삼동 밤 깊은 시간
마을 뒷산에서 소쩍새 운다
소리없이 쌓이는 눈길 밟으며
봄날 날아간 소쩍새 운다
잠결 놀라 창 열고 내다보면
어둠 속 사라지는 희부연 그림자
맵찬 바람 실려 오는 그 소리
소쩍소쩍 귀에 익은, 고개 넘는 긴 겨울밤

친구여

오늘도 바람이 분다
잎새가 흔들리고 물결 일어선다
친구여, 너로 하여 먼 산
그리메가 다가오고 뜨거운
태양 아래 풀잎이 살아난다
오직 넉넉함 위하여
언덕길 달리던 휘파람 소리
아득히 귓전에 맴도는데
친구여 네가 있는 그 자리는
아직도 봄을 다투는 목련꽃
햇볕 따스한 양지녘이란다
어지럽던 춤사위 사라지고
휘영청 밝은 달이
소나무에 걸리는구나
골마다 내리는 실바람 소리
낙타등 어진 봉우리가
맑은 물 되어 흐르나니
친구여 큰 저자 갈림길에
은행잎 하나 주워 들고
꿈결인 듯 좋아하던 낯설게도

반가운 옛적으로 돌아가자
등걸에 잠든 바람 소리
쇠북 소리 들려오는데

바다에 닿아

한 점 흘러
바다에 왔느니
짙푸른 물결 소금기
저며본들 어떠하랴
갯바람 마시며 집채 같은
파도에도 몸 실으리라
먼 바다 외딴 섬 날으는
갈매기는 아름답구나
기쁨이랄까 슬픔이랄까
물보라 반짝이는 그리움에
까치놀 보며 드넓은 바다
끝없는 수평선 잠기리라
속절없는 바다에 닿아

슴새

갈매기도 잠든 어두운 새벽
외딴 섬 날아드는 가슴앓이 새
짙푸른 바다빛이 좋아
섬을 찾는 새들이 있었다

지상 일만 피트의 하늘을 나는
아드리아 항공사 기내에서
감빛 제복에 수줍은 미소
여승무원의 눈빛을 보았다

류블랴나로 가는 밤 비행기
슬로베니아의 아름다운 자연에
블레드 호수를 떠나지 못하는
바다새의 슬픈 눈망울이 있었다

* 슬로베니아 : 1991년 유고슬라비아 연방에서 독립한 선생 국가로 블레
드 호수 등 아름다운 자연을 가지고 있으며 수도인 류블랴나에는 유럽
등지를 운항하는 아드리아 항공사가 있다.

찔레꽃

고향 떠나도 언제나
유월이면 생각나는 꽃
언덕배기 하얗게 핀
찔레꽃을 만나고 싶다

강물 흐르듯 철 바뀌어
쟁기질하는 여름이 오면
일구다 만 밭머리에
지천으로 피는 찔레꽃

덤불 속 똬리 튼 섬뜩한
뱀이라도 밟을까
조심조심 다가가며
찔레순 꺾던 추억들

짙푸른 가시넝쿨
시린 향기에 얼굴을 묻고
뭉게구름 보며 고향의
땅 내음을 맡고 싶다

오월산

우유빛 바람을 타고
자르르한 윤기
초록을 떨쳐 입고
일어서는 산

긴 터널 불타던 계절
생 솔가지 흘리신 눈물
내 어머니 눈물 자국
흙가슴 딛고 일어섰다

순하디 순한 눈빛
타오르는 초록의 향연
가슴 깊이 묻어둔 별
나래 펼쳐 숨쉬는가

아리아리 반짝이며
물결치는 덤불 속엔
머루 다래 순 벋는
찔레향도 품었으리

춤이라도 추올 듯
어깨 들썩이며
푸르게 푸르게 살아나
발돋움하는 오월산

하 바쁘이까네

― 소문난 집 여주인

하 바쁘이까네
늙을 새가 없었는기라
내 집 드나드는 손님
얼굴 보기도 바빠서
내 나이 나도 모르게
환갑이 되었는갑제

와 그리 물어쌓능교
삼십대면 어떻고
사십대면 어쩔낀데
나는 그저 '숙모님' 소리가
좋더라 카이

문밖에 해 떨어지면
장안의 술맛 찾아
피맛골 오시는 손님
안주 대령도 참말로
힘든기라

소리 소문 없이

봄 가을 스쳐가도
골목길엔 자욱한 연기
둥지 속 피어나는
애기꽃 묻혀 그렇게
신명잡혀 살아가제

철딱서니 낙 없이도
즐거운 세상
하 바쁘이까네
늙을 시간마저 없었는기라

거미

어딘가 줄을 칠 것이다
대롱대롱 허공 매달려
끈끈한 줄을 늘일 것이다
까마득히 길이 멀더라도
줄을 잡고 공중을 오르리라
이리저리 떠밀리며
바람에 흔들거려도
꼬리 맞댄 발가락 사이
힘센 자를 포박할 수 있는
현란한 그물을 칠 것이다

벽(壁)

유리알처럼 보이지 않는
그물에도 갇힌다
일렁이는 그 무엇에
때로는 헛발질도 해 보지만
자리를 옮겨 따라다니는
키 높이를 헤치지 못해
초라한 모습 돌아앉는다
거미줄 나려 좁혀 오다가
곳곳 막아서는 형체 없는 그림자
기어이 허물어뜨려야지 두 주먹
내려치며 마주서는 때
그제서야 물러서는 키 높은 벽

난초 사마귀

미소진 입술, 속 검은
구석 찾을 길 없다
꽃가루 묻힌 자르르한 몸매
영락없는 부처님 자태로다
나는 아무 일도 하지 않았다
발가락 하나 꼼짝 않고
밤새워 달빛 그림자만 쫓았다
한 방울 내린 이슬에도
목마름을 적시지 못해
뜬 눈으로 새벽을 지켰다
아무렴, 향내로만 사는
난초일 수는 없는 처지
부드러운 꽃술 언저리 앉아
꽃가루 눈 먼 벌레들만 노렸다
흔들리는 세상 조롱이라도 하듯
음험한 입술 굳게 다문
미소띤 사마귀 한 마리

제 5 부
혹이 하나

혹이 하나
― 월악산을 바라보며

넘실대는 충주호
바라뵈는 산봉우리
바람이 불 적마다
등 떠밀려 오르던 산길
허기진 배 움켜잡고
만리성 쌓았더니
달빛 아래 우뚝한 당신
장하기도 하련마는
이마에 붙은 혹 하나
하늘빛 흐리누나

오리정(五里亭) 길

내 어릴 적 고향엔 동구밖으로
키 큰 미루나무 줄지어 선
오리정 길이 뻗쳐 있었다
길 위에 놓인 자갈을 퉁기며
도회로 떠나는 자동차가 달리고
함성을 지르며 뒤꽁무니 쫓던
소년들은 걸음을 멈춘 채
뽀얀 먼지 마시며 안개 같은
그리움에 젖기도 하였다.
저 멀리 길 끄트머리 다가서는
낯선 도시의 화려한 불빛
수많은 사람들 속에 흰 테 두른
모자를 쓴 중학생의 모습
반짝이는 미루나무 잎새 사이로
무지개가 피어나던 자리
지금은 옛 자취 사라졌지만
아직도 내 가슴 남아 있는 오리정 길
꿈꾸듯 그 길 위에 다시 서고 싶다

망월사(望月寺) 가는 길

쓰르라미가 울고 있었다
여름도 해 다 질 무렵
산을 울리는 쓰르라미
골짜기 물소리 함께
푸른 몸짓을 흔들고 있었다
여기서부터 원도봉인가
개벚나무 팥배나무 잎 떨친
진달래며 홍매화 당단풍까지
물오른 빛깔이다
건너편 수락산 봉우리도
동녘에서 달이 솟는다고
고개를 주억이고 있었다
괴나리봇짐에 앞서 가는 이
그림자 따르다 길을 놓쳤다
그 사이 날은 어두워
개울가 바위도 소나무도
모두가 어둠살에 묻힌다
한 식경이나 지났을까
고갯마루엔 달이 돋았는지
쓰르라미 소리도 그치고

풀잎들도 숨죽인 채 엎드린다
캄캄한 골짜기 촛불을 밝혀
어둠 속 헤치며 길 떠나야 하리
수풀에 새어나는 달빛을 보며
망월사 오르는 가파른 산길

가을 구천동(九天洞)

그대 저무는 가을날엔
나제통문(羅濟通門)을 거쳐
구천동 골짜기로 오세요
엷푸른 하늘 받드는 구름
구름 머무는 향적봉 꼭대기까지
33경(景) 빼어난 계곡
바윗돌 잠긴 물빛을 지키세요
한 여름 푸르르던 굴참나무
물가에 선 물푸레나무
잎새 떨군 바람 소리를 들으세요
길섶 우거진 단풍길엔
가지 뻗힌 소나무 그 창창히도
빛나는 푸르름을 보세요
그대 저무는 가을날엔
아홉 빛깔 나리는 구천(九天)의
골짜기, 오솔길로 오세요

파도 소리
— 安眠島에서

깊은 밤 기슭으로
밀려오는 파도 소리
먼 바다 범고래 숨소리와
요동치는 작은 물고기떼
지느러미 부딪는 소리까지
물이랑 타고 달려와
모래톱에 눕는구나
바람 소리 고요한 섬 속으로
잠을 청해 떠나온 사람들
거친 물살 떠밀려 잠 설치며
태초에 땅덩이 돌아가는 소리
바다가 흔들리며 뭍을 향해
달려드는 저 어기찬 숨결
휘몰아치는 창밖을 보며
달빛보다 무거운
파도 소리를 듣는구나

땅끝마을

한 마리 산새가 날으려다
절벽 위에 내려앉는다
물끄러미 해 뜨는 곳 바라보며
바다와 육지 사이 날을 수 없는
거리를 가늠해 본다
어둠이 채 가시지 않은 바닷가
밤새 차를 타고 달려온 사람들
차가운 안개 속에 밀려오는
파도 소리를 엿듣는다
한 줌 흙과 풀 포기를 위해
꼭두새벽 떠오르는 태양
벼랑 끝 새겨 놓은 '土末'의
비문 위에 얼굴 비추면
어느새 날아드는 갈매기 소리
아득한 바닷길이 열리고
여기는 끝이 아닌 시작이라
나무 위에 졸고 있는 새들을
바다로 날려 보낸다

함양 고을 나들이

여태 낯선 이름 팔백리 길 뚫렸구나
진주 천리 길도 함양 땅을 거쳐 가고
동서해 바닷길도 반나절길 되었으니
저 상림(上林)의 푸르른 속살
용추(龍湫)계곡 차가운 물길조차
이제야 겨운 듯이 얼굴 붉혀 흐르는구나
남으로 지리(地異)에 묻히고
북으로 덕유(德裕)에 가려
천년을 기다리며 지켜온 땅
이제야 빗장을 열어 참모습 드러내니
지나가는 길손이여 이 고을 선비정신
학사루, 거연정의 일화를 아시는가
골골이 흐르는 물 그윽한 내음
이끼 낀 돌담 낯설음을 지우고
고속도로 달리며 함양 고을 찾으세나

천(千) 섬에서

천 개의 섬, 천 개의 별장
지상낙원 꿈꾸는 호수
온타리오에 흘러드는
센트로렌스강 언덕으로
저녁 노을이 내릴 때면
물 위의 갈매기처럼 행복한
그대는 어디로 가는 것인가
그리운 고국, 그리운 사람
어릴 적 추억을 안고 지구의
반 바퀴를 돌아 떠나 있을 뿐
진정, 그대의 기쁨은 강 언덕
저 편 노을빛에 있는 것을

나 홀로 있음에

― 봄 제삿날 경순왕이 말하다

괴롭고 외로운 날들 잊어버리고
오늘 먼 후손들 건네는 술잔 받으련다
한 잔 두 잔 맺힌 시름도 풀리는 듯
강 건너 철책선 지키는 젊은이여
이 술 한 잔 받으시고 내 말을 들어보오
일년 삼백 예순 날
바람에 부대끼는 풀잎과
내리쬐는 햇볕에 갇힌 이곳은
경기도 연천군 백학면 고랑포 언덕바지
천리 고향 땅을 등지고 누워 있는 곳
새들도 잠든 먹통 같은 밤에는
옛 서라벌의 종소리 들려오고
막중 사직을 송두리째 바치던 날
뜬눈 지샌 슬픔도 밀려 오는데
오직 죄 없는 백성 다칠세라
어렵게 내린 결단이거늘
이날 이때 들려 오는 원망의 소리
머리 풀고 떠난 마의태자의 뒷모습인들
어찌 잊을 수 있으리오
뿐이리오, 두렵고 안타까운 일

제 한 몸 편안함을 생각해
나라를 내어준 나약한 임금이라
손가락질하는 따가운 눈초리
참으로 견디기 어려웠다오
태평성대에도 힘이 있어야거늘
포석정 잔치 끝 거덜난 나라 살림
내 무슨 재주로 지킬 수 있었으리오
따뜻한 봄날 찾아온 후손이여
천년 전 그날의 아픔을 새겨주오
아무도 오지 않는 이 후미진 골짝
나 홀로 있음에 외롭고 괴로운 날들뿐이라
부디 나라의 기둥뿌리를 튼튼히
저 임진강 푸른 물살 가르며
바람 속 달리는 배 한 척을 띄워 주오

부차드 가든

빅토리아 시티 한 아름다운 정원에는
눈부신 꽃과 나무로 가득차 있었다

먼 뱃길의 남편 부차드 씨를 기다리며
꽃으로 마음 달랜 부인 뜻 따라
백년을 일궈온 이끼 푸른 뜰이라 했다

화사한 장미꽃과 수많은 꽃들이
원색의 빛깔 뽐내는 정원에는
언제나 밀려드는 관광객들 붐비고
꽃들은 더 아름다이 반짝거려
사람들의 사랑을 받는 데 익숙해 있었다

그러나 보라, 정원 가득한 꽃이여
날으는 벌들과 나비를 위한 풋한 내음
수줍은 미소는 찾을 길 없으니
부질없는 세월 이울 줄 모르는 석녀들의
향기 없는 꽃잔치일 뿐이네

마운틴 록키

거기 산이 있었네
꼭대기 흰 눈 쌓인 산들이
함선(艦船)처럼 늘어서 있었네

알래스카에서 멕시코까지
뻗어내린 산, 산, 봉우리들…
캐나다의 '쟈스퍼'와 '벤프' 지나며
저마다의 모습으로 우람한 몸매를
자랑하고 있었지

오랜 세월 바다 밑 불을 품고
솟아오른 영봉(靈峰)들
푸른 하늘 맞닿은 곳에는
눈부신 빙하(氷河)를 쏟아내며
아메리카 원주민의 눈물인양
부슬비를 뿌리기도 하였다네

골짜기 일렁이는 물소리 바람소리
푸른 숲길에는 이따금 덩치 큰
엘크 사슴이 나와 물끄러미

낯선 길손을 바라보고
에메랄드빛 호수에는 아름다운
산들이 빠져들고 있었다네

* '쟈스퍼' 와 '벤프' : 캐나다의 록키산맥이 있는 대표적인 지명. 두 곳 모
두 캐나다 연방국립공원으로 지정되어 있다

부다페스트

― 겔레르트 언덕에서

부다궁의 남쪽 언덕바지
겔레르트의 성지 올라
눈 씻고 바라보는 부다와 페스트
도나우강이 흐르는 좌우편으로
아름다운 시가지가 펼쳐 있었네
사람은 가도 성채(城砦) 남기는가
강물 위에 그림자가 어린다
멀리 아시아계 마자르인이 세운
헝가리 천 년의 짧지 않은 역사
낯설은 유럽 거친 벌판에서
밀치고 밀리며 목숨내어 지킨 땅
오늘에사 온전히 햇빛 누리나니
동서를 잇는 사슬다리며
다리를 지키는 난간 위의 돌사자
저만큼 강바닥 솟은 머르기트섬
빛나는 장미의 언덕과 오부더광장
마주보는 옛 왕궁과 국회의사당
하나같이 빼난 조화 이루는구나
긴 강물 흐르는 바람, 유월의
푸른 햇살 앞에 눈부신 도시
정녕, 도나우강의 진주임에라

나이애가라여

긴 터널 바윗돌 넘어
덤불 헤쳐 달려온 길
드넓은 호수 온타리오 향해
몸을 날려야 한다
천길 낭떠러지
부서지는 아픔이라도
두 눈 감고 하늘 높이
솟구쳐야 한다
하얗게 살아나는 눈빛
잦아드는 은혜로움까지도
나이애가라여
땅 끝 선 채로 세상의
눈과 귀 한꺼번에 트이게 하라
불타는 태양 아래 떨어질
나뭇잎도 깨어나게 하라

오타와로 가는 길

캐나다의 아름다운 도시 터론토
401번 하이웨이 따라
푸르게 가꾼 벌판이 열리고
온타리오와 퀘벡이 만나는 곳에
새빨간 단풍 깃발 날리는
오타와가 있었네
끝없는 초원 펼친 나무들
고요한 호수 위엔 눈부신 하늘
저것은 정녕 한국의 푸른
하늘과도 같지 않으냐
넓으나 넓은 땅 캐나다
비둘기처럼 모여 사는 흰 옷 입은 동포들
억센 두 다리 팔 걷어부치고
알뜰한 새 보금자릴 꾸미는구나
태극 깃발 휘날리는 삶의 터전
아시아의 한 모서리 옮기는구나
멀리 비에 젖은 대서양 바라보며
온타리오와 퀘벡이 만나
새로운 도시 오타와 가꾸었듯이

제 6 부
시인이여 그대는

시인이여 그대는

갈아엎고
씨 뿌리고 되갈고
한 톨 씨앗의 무성함 위해
오늘도 허방 짚어 쟁기질하는 그대는
빈 들에 홀로 선 농부이련가
갈바람 등받이에 땀내음이 서린다

내 안의 안개

— 자화상

글썽임은 늘 내 곁에 있었다
기쁨을 안고도 시름겨울 때
물보라 일어나는 반짝임은
아득한 바다를 바라보게 하였다
차창 스치는 산봉우리와
들녘 서 있는 농부들의 모습
다가오는 물상들이 흔들리며
아슴한 그리움에 젖게 하였다
파릇한 빛깔 환한 햇빛 속에서도
해파리처럼 달라붙어 추억의
동화 속으로 몰아넣고 눈 내리는
산모롱에 홀로 있게 하였다
어둠 속 불빛을 바라보게 하고
불빛 속에 어둠을 퍼뜨리는 너는
오늘도 꿈 속을 걷는 어릿광대로
먼 옛날을 돌아 바람 부는
바닷가를 향해 날고 있는가
마르지 않는 샘물처럼 그리움은
내 안에 남아 있는가

햇볕 바래기

입 다물고 눈 감아
숨차도록 달려 왔었지
거들먹대는 빗자루 곁
구정물을 뒤집어 쓴 채
머리 풀고 몸 굴려
거친 마루바닥 닦아내었지
오늘은 햇볕 쨍쨍한 날
물 맑은 시냇가 앉아
때 절은 몸뚱아리
헹군 몸을 말리고 있다네
실한 돌팍 기대어
모두가 환한 모습인데
우리가 살아온 날들
이런 일도 있었던가
한가로이 해를 보고
구름을 손짓할 수 있었던가
눈물 글썽이는 모습
드높은 하늘 아래
걸레들의 햇볕 바래기

입춘 무렵

어디선가 발자국 소리 들린다
작지만 또렷한 울림이다
아무도 없는 들판 그림자짓는 구름
구름 사이로 따스한 햇살 비추면
처마 밑 어미닭이 모이 좇아 앞마당 달려가고
놀란 개구리 연못가 풀섶에 몸을 숨긴다
어제는 뒷동산 멧비둘기 한 쌍 날아와
언덕바지 잔설 위에 작은 발목을 적시고 갔다
겨우내 맵찬 눈보라 몸을 떨던 미물들
놀란 가슴 쓸며 봄맞이 채비를 한다
아무렴, 푸른 하늘을 믿어야지
언 땅 얼음 녹이는 봄비도 맞아야지
산에서도 들에서도 솟구치는 몸짓
나래짓이 요란하다

바다 있기에

바다는 늘 내 곁에 머문다
모래알 적시던 잔물결에서
달빛 삼킨 한밤의 너울까지

쉼없이 들려오는 바람 소리
파도 소리에 나의 일상은
잠결에서도 부스럭거린다

갈매기떼 몰리는 청어빛 바다
반짝이는 푸르름에 내 가슴은
언제나 그리움으로 출렁인다

언덕 너머 나부끼는 깃발
귓전 울리는 아득함 속에서도
안개 낀 뱃길 가늠하고 있다

거칠은 물결 씻기운 얼굴
천변만화 지느러밀 감추고도
수정같이 고요한 바다 있기에

맨발

혼자서 맨발로 일어선 아이
마루바닥 내딛는 발을 보아라
태초에 우주를 들어 올린 힘이
발끝에 모여 있지 않은가

한 발짝 걸음마 뗄 적마다
손뼉치며 기뻐하던 설레임
탄성의 메아리는 어디로 갔나

우리 곁엔 어지러운 발싸개
가죽으로 마름질한 신발 놓여
눈부신 발등 목을 조이고
어여쁜 발가락에 덫을 씌웠다

그대들, 저 어르고 옥죄이는
가증스런 신발짝 벗어 던지고
잃어버린 맨발을 찾아 나서자

사랑하는 소녀여, 그대가 설령
이사도라 던컨이 아니더라도

천지간 외발 서는 꿈을 꾸고
시린 발등 입맞춤하는 슬기로운
여인이 되어다오

내 오늘도 땅거미진 언덕에서
파도 소리 엿들으며 찰랑이는
시냇물에 발을 적시고 힘살
푸른 맨발을 들어 올리마

누구시더라

해와 달 하늘에 있고
한 줌 흙에서 바람으로 태였거니
땅덩이 돌아간 속절없는 세월 탓하지 말라
가파른 언덕길 발 부르트고
강물 스친 바람 소리 귀먹은 지 오래
꽃을 꺾고 춤이라도 출까마는
돌멩이 깎인 뭉그러진 시간 되돌릴 수 있을까
물너울 재우던 목소리도 한낱 바람개비 같은 것
햇살 여린 창가 주름잡힌 훈장 달고
짐짓 젊은 날의 미소를 짓는다마는
어느새 날은 저물고
얼른대는 그림자 소슬바람에
요술 같은 거울이라도 있었으면
누구시더라
누구시더라

분당(盆唐)에 내리는 눈

서울 떠난 도시
분당에 눈이 내린다
전설 같은 눈이 내린다

까마득히 공중을 맴돌다
아파트 지붕 내려앉는 눈
하얗게 마을을 덮는다

언제부턴가 밤하늘
별이 사라지고 새하얀
눈꽃마저 길을 잃었더니
이 겨울 분당골엔
함박눈이 내리는가

불곡산 기슭 탄천가
쌓인 눈밭에선
아파트 숲을 향하여
사슴 같은 이야기를
풀어 놓는다

눈 덮인 들을 내다보며
서성대는 사람들 젖은
눈가에도 꿈결 같은 고향 마을
송이 눈이 내린다

억새 태우기
— 정월 대보름 화왕산 꼭대기에서

날아라 불길이여
마른 연기 싸여
하늘 높이 날아 올라라
검불처럼 가벼운 몸
불꽃 일으키며
바람에 날아라
삼백 예순날 메마른 땅
머리에 보라꽃을 이고도
외롭다던 너
비바람 견디며
이슬 머금던 억새여
이 밤 어둠을 사르고
두둥실 달빛 머무는
하늘로 떠나거라
바윗등 타고 산에 올라
가슴 맞댄 사람들
저들의 간절한 눈빛
축복에 싸여
하늘 높이 솟아 올라라
산꼭대기 몸 흔들던
억새밭 하얀 숨결이여

귀신고래 사냥

한 바다 다스리는 큰 고래 가운데
겉보기도 흉물스런 귀신고래가 있었다
중뿔난 치장에 너덜대는 지느러미
퀭한 눈은 흡사 물귀신 같은 꼬락서니
작은 물고기들 곁눈질하며 달아나고
저들이 떼지어 돌아치는 언저리엔
삽시에 바다 물빛도 흐려지고 있었다
이때, 어디선가 범고래 형제 나타나
한 무리의 귀신고랠 사냥하기 시작했다
기름끼 도는 검은 등판에 하얀 반점,
비다듬은 모습의 범고래 한 마리가
쏜살같이 내달아 무리의 중심을 헤집고
우두머리 귀신고래를 치받아 패대기쳤다
놀란 귀신고래 떼서리들 뿔뿔이 흩어지고
피 흘리며 쓰러진 고랜 맥없이 죽어갔다
나뒹구는 살점 앞에 모여든 물고기떼
한 순간 덤벼들어 청소를 끝내고 어지럽던
바다 속에는 잃었던 평화가 찾아왔다
어느날 TV 영상 비친 귀신고래 사냥, 저
막막한 바다 밑 짐승들 세계에도 두렵고
두려운 제왕(帝王)이 있음을 보여주었다

꿈꾸며 돌아보며

― 월드컵 4강에 올라

파아란 잔디, 그라운드
달리는 선수들의 모습은
한 치 양보도 없는 겨룸,
나라와 나라 사이 명예를 앞세운
피나는 싸움이었다

2002년 한일(韓日) 월드컵
내로라는 유럽팀을 맞아서도
앞질러 다가서며 솟구쳐 오른
태극 전사들, 드디어 16강의
벽을 넘어섰구나

이름만 들어도 주눅들던
장신의 스타군단 이탈리아
스페인마저 무찌르며
8강, 4강에 오른 유월의 밤은
찔레꽃 향기 넘친 꿈길이었다

경기장마다 자릴 메운
'붉은 악마'의 열띤 응원도

거리를 나선 관중들의 함성도
하나같이 타오르며
'오! 대한민국, 필승 코리아'
목이 터져라 외쳐대었다

누가 시켜서도 아닌데 그대들
단군 이래 이렇게도 소리 높이
'동해물과 백두산이 마르고 닳도록'
애국가를 부른 적이 있었던가
지구 저편 해외동포까지도
한 자리 모여 얼싸안고 눈물을
흘린 적이 있었던가

일곱 번째 마지막 경기장
있는 힘 다 쏟아낸 선수들,
히딩크 감독을 헹가래치며
관중을 향해 큰 절 올리고
터키 선수와 어깨동무한 모습에서
우리는 보았느니, 스스로의 높이를
샘솟는 희망을……

그렇다, '비바! 꼬레아'
밤하늘엔 축포가 터지고
온 세계는 한국민을 향해
엄지손가락을 들어 보였다

이제, 달라져야 한다
정치도 경제도 문화도
질곡과 어둠에서 벗어나
새로운 모습, 새로운 얼굴로
세계사의 앞줄에 나서야 한다
오늘의 기쁨과 자랑을
영원한 것으로 만들기 위해

법화산(法華山) 올라

용인시 구성(駒城)에 있는
해발 385m의 아름다운 산
이름하여 법화산이라 했겠다
봄 한철 진달래 흐드러 피고
짙푸른 상수리며 소나무 사이
산다람쥐 이쁘게 놀고 있겠다
하필이면 법화산이라 했을꼬
긴 능선 타고 산에 오른 이들
산 아래 경찰대학, 법무부연수원
우뚝우뚝 들어선 것 보았겠다
옳거니, 법을 꽃피우는 큰 집들
이곳에 있었거니 고개 끄덕인다
등산길 가로막는 가시철망이며
마구잡이 파헤친 길 손질을 하고
법을 법대로 수놓는 날 올 테지
키 큰 나무들 작은 새를 보듬어
편안한 잠자리도 마련할 테지
산에 오를 때 괜한 걱정, 꼭대기
이는 바람 앞에 날려 보낸다

금빛 연아
— 2006 세계 주니어피겨 우승을 보며

은반을 날으는
백년의 꽃이었다

한 마리 새가 되어 돌아온
날렵한 트리플 점프며
'파파 캔 유 히어 미'
감미로운 음악에 맞춘
아름다운 율동은
류블랴나 밤하늘 반짝이는
찬란한 태극연의 몸짓이었다

차가운 얼음판
낙하산줄 매달리는 고난도 훈련
어린 나이에 얼마나한 담금질이었을까
빼어난 기량 완벽한 연출은
쇼트에서 프리스케이팅까지
일본의 아사다를 제치고
보란 듯이 시상대에 우뚝 서는구나

소녀여, 백년만의 꽃이여

이제 너의 앞길 두려울 게 있으랴
2010년 밴쿠버에서도
오늘의 장한 모습 다시 보여다오

푸른 하늘 솟구치는
금빛 찬란한 우리의 연아

어느 태풍 이야기

태풍 '올가'는 정직했다

타이페이와 오키나와 섬 사이
동지나해 나타난 7호 태풍은
거센 바람을 몰아 한반도 덮쳤다
시간당 40킬로로 제주도와
태안반도를 거쳐 북한 땅,
만주까지 일직선으로 달려나갔다

여름철 이상기류인가
강화에서 철원까지 띠구름 이뤄
파주 연천 동두천 닥치는 대로
때 아닌 폭우를 내린 며칠 사이
집을 잃고 수마에 할퀸 수재민들
막무가내 엎친 데 덮칠 태풍의 위세에
가슴 죄는 하룻밤을 지새웠는데

불거진 가지를 쳐내며
부실한 나무는 뿌리째 뽑고
지축을 흔들며 달려온 태풍은

놀랍게도 수해지역을 비켜
그 사이 조용하던 남쪽 지방에만
한껏 비바람을 뿌렸더라

잠시도 머뭇댐 없이
기웃거리지도 않고 성큼성큼
물러난 태풍의 행보에 고개를
끄덕이며 한숨 돌린 수재민들
그제서야 슬픈 눈을 들어
파아라니 내비친 하늘
실푸른 빛깔을 보았더니라

하루살이

어둠을 뚫고 태어난 세상
날개를 다듬어 춤을 춘다

시원한 물가 앉아
쉬어볼 틈도 없이
따가운 햇살 등에 지고
저녁으로 치닫는다

밤을 밝히는 휘황한 불빛
별 꼬리만큼 짧은 하루지만
날개를 떨며 춤을 춘다

지칠 줄 모르는 춤사위
어쩌면 하루해가 이리도 긴지

抒情의 美學과 삶의 眞實 追求
― 김태호 제5시집 《봄, 오다》의 시세계

홍윤기

일본 센슈대학 대학원 국문학과 문학박사(시문학)
한국외국어대학 '한국시 · 일본사회와 문화' 담당교수

이번 김태호 제5시집《봄, 오다》에는 산뜻한 수채화 같은 서정미 넘치는 시 〈봄, 오다〉를 비롯하여 〈섬진강〉이며 〈난, 꽃 피우기〉와 같은 순수한 리리시즘(lyricism, 서정성)을 바탕으로 하는 세련된 서정시가 엮어졌는가 하면, 한국인의 전통 식생활의 원천적인 의미를 심오하게 추구하며 삶의 진실을 민속학적인 토대 위에서 천착하는 새로운 해석의 파노라마를 전개하는 시 〈콩〉이며 〈토장국〉 등을 참신하게 제시했다.

그 뿐 아니라 우리가 이제 주목해야만 할 한국시단의 새로운 패러다임(paradigm)으로서 개발되고 있는 고대 일본 땅에 펼친 한국인의 슬기롭고 역동적인 민족문화사의 내면을 치밀하게 천착한 역사 기행시(歷史 紀行詩) 〈말 한 마디〉며 '칠지도(七支刀)' 등을 통한 가편(佳篇)들이 한국시단의 2007년 가을을 눈부시게 장식하게 되었다.

금년은 '한국현대시 100년'을 기념하는 해이기에 더욱 뜻 깊게 여기련다. 그동안 김태호 시인은 한국시단에다 새로운 서정의 바람을 일으킨 대표작 〈해돋이〉이래 이번에 또 다시 우리를 감동시키고 있다. 부연할 나위 없이 시의 생명력은 서정(抒情)을 그 바탕으로 하는 '노래'라는 사실을 확연하게 보여주고 있어 주목받지 않을 수 없다.

　시의 기본은 〈리리시즘, lyricism, 서정성〉을 모체로 하는 '노래'(song)이다. 즉 '서정시'(lyric)는 '노래'이기 때문이다. 오늘의 시단에서 많은 시가 '노래' 아닌 '이야기'로 전락하고 있어 매우 걱정스러웠으나, 서정을 올바르게 노래할 줄 아는 김태호 시인을 이 시집에서 만난 것을 크게 기뻐하련다. 참다운 리리시즘에 목말랐던 한국시단에 그는 단비를 흠뻑 적셔주고 있다.

　앞에서 예시한 서정 시편들만으로서도 김태호 시인은 그의 독특한 한국 서정시로서 새로운 생명력을 고양시키고 있다.

　여기서 먼저 〈봄, 오다〉부터 감상해 보자.

들 끝에서 걸어오는 이 누구냐
솔잎 사이로 몸 낮춰 부는 바람
마른 솔가지 털어낸 몸짓으로
지붕 꼭대기 올라앉는다
아니 우유빛 하늘 눈부셔
뜰 아래 내려선 당신
어느새 뒤꼍 돌아 둘러친
담장 넘고 있구나

마당귀 엎드린 메마른 풀잎
그대 스쳐 간 자리로
파아랗게 봄물 돋아나고

—〈봄, 오다〉 全文

봄바람을 고차원의 메타포로 처리하느라 "들 끝에서 걸어 오는 이 누구냐" 하는 오프닝 메시지(openning message)의 전개부터 매우 자연스럽게 표현하므로써 〈봄, 오다〉는 작품의 고품도(高品度)를 거듭 깨닫게 해주고 있다. 필자가 늘 주장하는 것이지만 좋은 시는 결코 어떤 '외침'(주장)이거나 '목적성'을 드러내지 않는 가운데 독자의 가슴에 은밀한 정감으로 조화되기 마련이다.

이 시에서 '바람'의 존재를 '몸짓'과 '당신', '그대'로써 의인화시킨 표현 기법은 시어 탁마의 숙연하고도 심오한 세련미의 경지라고 칭송하련다.

"솔잎 사이로 몸 낮춰 부는 바람/ 마른 솔가지 털어낸 몸짓으로/ 지붕 꼭대기 올라앉는다/ 아니 우유빛 하늘 눈부셔/ 뜰 아래 내려선 당신/ 어느새 뒤꼍 돌아 둘러친/담장 넘고 있구나/ 마당귀 엎드린 메마른 풀잎/ 그대 스쳐 간 자리로/ 파아랗게 봄물 돋아나고"하는 역동적인 감각 이미지 처리로써 독자를 완전히 압도하는 빼어난 메타포(metaphor, 은유)의 테크닉이 두드러지게 묘사되고 있다. 새봄의 정경을 이렇듯 짙은 서정을 바탕으로 지성(知性)이 융합된 표현 기교가 독특한 시창작성(詩創作性)을 마음껏 발휘하고 있는 이 시는 우리 시단 봄 시의 명시(名詩)가 아닐 수 없다.

다시 김태호의 새로운 봄바람을 타고 강물 출렁이는 〈섬진 강〉으로 길 떠나가 보자.

산 좋아 성큼 벼랑타고 모퉁이 돌아서더니
누굴 찾아 마을 따라 오래도록 도는가
머리 맞댄 마이산(馬耳山) 꼭대기
따사한 바람 옥양목 소매폭으로 스며 오면
실개천 조용조용 모여 오백리 먼 길 간다
저기 언덕바지로 슬며시 기대선 산당화
해맑은 복사꽃도 눈빛 뽀송하게 씻고
겨우내 바위틈 잠든 고기떼도 깨운다
여릿여릿 다가오는 연두빛 숨결이구나
아니 번개치는 깊숙한 밤마다
강바닥 속 박힌 모진 돌을 굴려내거나
자갈 동그랗게 바다로 한발 두발 몰아내느냐

아직 손 시린 봄풀 세워 누벼 도는 강물아
　　　　　　　　　　　　— 〈섬진강〉 全文

봄날의 〈섬진강〉 또한 세련된 시어로 대상을 의인화하여 화자는 설의법의 테크닉(기교) 구사로 능란하게 오브제(objet, F)를 서정미로써 승화시키며 작가와 대상을 완전하게 일체화시키는 표현 수법이 뛰어나다.

김태호 시인의 독특한 시의 테크닉은, "산 좋아 성큼 벼랑타고 모퉁이 돌아서더니/ 누굴 찾아 마을 따라 오래도록 도는가

/ 머리 맞댄 마이산(馬耳山) 꼭대기/ 따사한 바람 옥양목 소매 폭으로 스며 오면/ 실개천 조용조용 모여 오백리 먼 길 간다" (前半部)고 하는 의식적으로 대상을 과장 묘사하는 데포르마 시옹(deformation, F)이 아닌 현대 서정시로서의 자연적인 신도시적 네오폴리스(neopolis, Gr) 수법을 유감없이 발휘하고 있다.

"저기 언덕바지로 슬며시 기대선 산당화/ 해맑은 복사꽃도 눈빛 뽀송하게 씻고/ 겨우내 바위틈 잠든 고기떼도 깨운다/ 여릿여릿 다가오는 연두빛 숨결이구나/ 아니 번개치는 깊숙한 밤마다/ 강바닥 속 박힌 모진 돌을 굴려내거나/ 자갈 동그랗게 바다로 한발 두발 몰아내느냐// 아직 손 시린 봄풀 세워 누벼 도는 강물아"(後半部)처럼 봄 강변의 심오한 경관미를 시적 삼매경에로의 조화로운 접근은 이와 같은 작품을 써보지 못한 이는 결코 깨닫기 어려운 비경(秘境)의 세계 연출이라고 할 수 있다.

이번에는 〈난, 꽃피우기〉의 시경(詩境)에 접어들기로 하자.

어럽쇼, 불쑥 손 내밀어
길을 수도 없는 물 한 모금
목타는 오랜 가뭄 조용히 달래며
하늘로 살며시 고운 눈짓이라도 보내야지
햇살 막아주는 그늘진 창 앞에서
온날 신음하며 꽃피우려는 난
가늘한 대궁 밀어 실눈 곱다랗게 뜬다
그래, 난은 난인 게지 물 한 방울 없이도

향기 짙은 꽃 피우고야마는 네 모습
반기는 주인 발자국 소리에 놀랬구나
있는 힘 다 주어 꽃잎 펄럭 젖힌다
—〈난, 꽃피우기〉 全文

평생 한 번 핀다는 난을 키우는 정성이 화자로 하여금 빼어
난 이미지의 구사력을 유감없이 발휘하고 있다. 그렇다. 현대
시는 지금까지 남이 전혀 다루지 않은 새로운 이미지를 창출
하는 작업만을 요청한다. 과연 이미지란 무엇인가를 김태호
가 잘 보여주는 게 이 작품이기도 하다. 이미지라는 말은 본래
영어가 아닌 라틴어에서 생긴 낱말이다. 지금의 영어가 된
'이미지'(image)는 라틴어의 '이마고'(imago)가 그 모어(母
語)이다. 라틴어로서의 '이마고'는 '흉내내기'(copy)라는 뜻
을 가졌다.
　또한 '이마고'는 영어의 '이메진'(imagine, 상상한다)이라
는 단어와 '이메지네이션'(imagination, 상상, 상상력)이라는
낱말도 만들어 주었다. "어럽쇼, 불쑥 손 내밀어/ 길을 수도
없는 물 한 모금/ 목타는 오랜 가뭄 조용히 달래며/ 하늘로 살
며시 고운 눈짓이라도 보내야지"(전반부) 하는 〈난, 꽃피우
기〉는 한 풍자적인 이미지 구사의 표본을 잘 보여주고 있어서
한국 명시로 평가할 만하다.
　"햇살 막아주는 그늘진 창 앞에서/ 온날 신음하며 꽃피우려
는 난/ 가늘한 대궁 밀어 실눈 곱다랗게 뜬다/ 그래, 난은 난인
게지 물 한 방울 없이도/ 향기 짙은 꽃 피우고야마는 네 모습/
반기는 주인 발자국 소리에 놀랬구나/ 있는 힘 다 주어 꽃잎

펄럭 젖힌다" (후반부)고 하는 감칠맛나는 새타이어(satire)의 풍자적 현대시로서 아이러니(irony)의 반어적(反語的) 긍정의 만족감을 안겨주고 있어 주목된다. 이번에는 메주를 쑨다는 우리 농산물 〈콩〉을 음미해 보자.

깍지 터쳐 세상에 태어났다
세찬 바람 몸피 단단해지고
도그르르 구르며 신바람 났는데
사람들은 약에라도 쓰려는지
맑은 물로 씻어 소쿠리에 담았다
날 새면 영락없는 가마솥행
"에라 모르겠다 또 한 번 튀자"
소쿠리 밖으로 몸 날렸으나
다투어 투신한 친구들 함께
실신하여 바닥에 널브러졌다
얼마나 오래 지났을까
장작불로 펄펄 삶겨 한 덩이
메주로 공중에 뎅그랑 매달렸으니
깍지 깨고 몸뚱이 굴러도 한 발짝
사람 손안에 든 낱알인 것을
볕 잘 드는 장독대 항아리 잠겨
소금 절인 조선 장맛 익혀야 하리
　　　　　　　　　—〈콩〉全文

'콩' 알이 '메주'가 되는 과정을 해학적으로 유머러스하게 다룬 흥미로운 시세계다. 우리 한국인이 생래로 입맛 돋구는 '조선 장맛'을 이미지화 시킨 구수한 민속시의 한 전형 제시다. 김태호 시인은 내친김에 잇대어 주저없이 〈토장국〉을 끓인다.

맑은 물 뚝배기 불 당긴다
멸치 다시마 우려낸 물 한 소끔 끓이다
호박이며 양파까지 어슷하게 썰어넣고
항아리 속 된장 풀면
보글보글 끓는 구수한 내음

— 〈토장국〉前半部

작품의 성패 여부를 떠나, 우선 남의 것이 아닌 내 것에 대한 시인의 진지한 시작(詩作) 정신을 우선 높이 평가하고 싶다. 한국인이라면 응당 한 번 쯤은 다룰 만한 훌륭한 소재이며 제재(題材)이다. 시가 새롭다는 것은 남들이 흔히 다루는 소재며 제재를 벗어나 자아의 독특한 개성적 시작업이 너무도 소중하다. 이 시가 그 시 같고 그 사람이 쓴 것이나 저 사람이 쓴 것이 비슷비슷해서는 아무런 문학적 성과가 없다.

"위대한 문학이란 가능한 최대한(最大限)의 의미가 담겨진 충실한 언어에 있다"(〈How to Read〉, 1931)라고 설파한 것은 에즈라 파운드(Pound, Ezra Loomis, 1885 ~ 1972)였다. 20세기 대시인 T.S. 엘리엇(Eliot, Thomas Sterns, 1888 ~ 1965)을 키워 낸 스승이었던 이른바 '현대시의 순교자'로서 추앙받은 에즈라 파운드의 이런 지적은 곧 그가 서구의 젊은 시인들에게 큰 영향을 줄 수 있었던 가장 두드러진 명언이 아닐 수 없다. '가능한 최대한의 의미가 담긴 언어'로서의 시를 쓴다는 것은 과연 무엇을 가리키는가. 그것이야말로 오늘날과 같이 시가 유형화(類型化) 되어 진부하고 시어(詩語)가 황폐해진 시대에 어쩌면 가장 적절한 가르침이 아닌가 한다.

시인에게 맡겨진 새로운 상상력이 담긴 충실한 의미를 포괄하는 시의 표현이 바로 에즈라 파운드가 요청하는 '최대한의 의미가 담긴 언어'이다. 좀 더 구체적으로 설명하자면 지금까지 남이 쓴 일이 없는 새로이 창작된 감동적인 훌륭한 시를 뜻한다.

그와 같은 견지에서 이번 시집을 성공으로 이끌고 있는 작품으로서 김태호 시인의 역사 기행시(歷史 紀行詩) 〈말 한 마디〉며 〈칠지도〉 등을 평가하지 않을 수 없다. 〈말 한 마디〉부터 음미해 본다.

그때 그 말 한 마디
가슴에 닿았다

자랑스런 백제인 왕인(王仁)박사 묘소에서
일본 역사학자 이노우에(井上) 교수가 남긴 말
"설령 이 곳이 왕인의 진짜 묘가 아니더라도
성인(聖人) 왕인을 받드는 일본인의 마음은
영원히 변함이 없을 것입니다"

참으로 오랜만에 듣는 가슴 적시는

서늘한 바람이었다

이역만리 일본 땅에 '천자문' 전하며
문명 사회 이끄신 한국인의 조상 왕인묘 앞에서
가깝고도 먼 일본인의 참 목소리 듣는 순간
어쩌면 영영 바람에 실려 날아갔을
그 말 한 마디

멀리 '난파진' (難波津) 바닷가에선
천오백년 꽃향기 날고 있었다
　　　　　　　　　　—〈말 한 마디〉 全文

일본 오사카(고대의 지명 : 난파진)며 교토, 나라 땅 일대에는 고대 백제인들의 수많은 유적지며 신라, 고구려인들의 역사 유적이 자그마치 2백여 곳에 달하고 있다. 시인들의 이런 한민족사의 옛 터전 문학기행 답사야말로 새로운 훌륭한 민족시 창작의 눈부신 발판이 아닐 수 없다.

오랜 세월 속에 파묻혀 온 우리 선조들의 빛나는 발자취를 김태호 시인은 다음의 〈칠지도〉 시로써 잘 보여주고도 있다.

고대 백제왕이 왜왕에게 내려준 한 자루의 칼
일본 땅 나라현 텐리시 석상신궁(石上神宮)에는
일곱 개의 날이 달린 백제왕의 칼이 있다네

이름하여 '칠지도' 라 금으로 상감하여 글자 새기고

식민지 후왕(侯王)에게 전해준 다스림의 신표
강철로 담금질한 1천 6백여년 겨레 숨결 살아 있구나

어두운 역사의 뒤안길에 녹슬었으나
하늘 향해 곧추세운 칼날 칼끝엔
아직도 이끼낀 푸른 기운 서려있나니

헤아려 아득한 바다와 육지 사이
낯선 땅 아우르던 백제인 기상 충천하고
위대함을 깨우쳐 준 칠지도 거룩한 큰 칼이여
— 〈칠지도〉(七支刀) 全文

　　현재 일본 나라현 텐리(天理)시의 석상신궁(石上神宮, 이소
노카미신궁)에는 '칠지도(七支刀)'가 보존돼 있다. 백제왕의
칼 칠지도는 한일 고대사 연구에서 가장 귀중한 고고학적 유
물이다. 길이 74.9㎝인 칠지도는 중심 칼날까지 합쳐 모두 일
곱 갈래로, 날이 좌우 3개씩 대칭으로 엇갈려 펼쳐져 있다. 칠
지도는 백제 제13대 근초고왕(近肖古王, 346~375 재위)이 서
기 369년 왜나라에 살고 있던 백제인 후왕(侯王)에게 하사한
보도이다. 후왕이란 식민지 왕을 가리키는 왕호. 백제왕이 후
왕에게 보내주었다는 사실은 이 칼 앞뒤 양면의 명문(銘文)에
서 잘 드러난다. 칼에는 60여자가 금상감(金象嵌)으로 음각돼
있다. 칼 이름인 '칠지도'도 음각된 한자 글씨(七支刀)로 나
타나 있다.
　　일본에서 이 칼이 모습을 드러낸 것은 19세기 말엽. 석상신

궁 구석진 창고 안에서 발견되어 세상에 알려진 칠지도의 명
문을 보면 다음과 같다.

(앞면) 泰和四年五月十六日丙午正陽造百練鋼七支刀以僻百兵宜
　　　供供侯王□□□□作
(뒷면) 先世以來未有此刀百滋王世子奇生聖音故爲倭王旨造傳示
　　　後世

이것을 필자는 다음과 같이 번역한다.

(앞면) 태화 4년(369년) 음력 5월 16일 병오날 대낮에 무수히 거
　　　듭 담금질한 강철로 칠지도를 만들었노라. 모든 군사를
　　　물리칠 수 있도록 후왕에게 보내주노라. □□□□ 만듦.
(뒷면) 선대 이래로 아직 볼 수 없었던 이 칼을 백제왕 및 귀수세
　　　자는 성스러운 말씀으로 왜왕을 위해 만들어 주는 것이므
　　　로 후세에까지 잘 전해서 보존토록 하라.

이로써 근초고왕과 귀수세자(뒷날의 근구수왕, 375～384
재위)는 왜나라의 백제 후왕에게 칠지도를 하사하며, 덤벼드
는 모든 적군을 무찌르라고 명했음을 알 수 있다. 식민지인 왜
나라를 잘 보전할 뿐 아니라 후대에까지 전승시키면서 번창
하라는 백제왕의 어명이었던 것이다.
　김태호 시인의 역사 기행시는 특히 이번 제5시집에서 독자
들에게 크게 어필할 것을 아울러 기대한다. 시인이 민족적 자
아를 올바로 파악하기 위해서는 역사 인식에 집중하며, 민족

사를 통한 참다운 삶의 양식, 즉 그 눈부신 우리 조상님들의 고매한 역사 정신을 각성하면서 가슴 벅찬 이미지들을 '개성적'으로 알차게 메타포하는 작업에 모든 시인들도 함께 힘써야 한다고 본다.

필자는 시인을 가리켜 일종의 '영혼의 엔지니어'라고 항상 주장해 오고 있다. 왜냐하면 시인이란 일상 속에서 정신세계의 진수를 이미지화 시킬 때, 그를 '유능한 시인'이라 부를 수 있기 때문이다. 현대시는 가장 개성적일 때 만인에게 공감되는 명편이 된다. 개성적인 시는 시문학적인 새로운 가치며 이상을 자신의 내부로 받아들여서, 객관적으로 창작 발상하는 '초자아'(超自我)의 시세계이다.

이상에서 살펴보았듯이 김태호 시인의 가편(佳篇)들이 참다운 서정적 삶의 진실을 천착하며 참신한 서정의 메타포로써 현대 한국시를 형상화시키는 데 성공하고 있다는 점에서 신선한 미학의 세계를 상찬하고 싶다. 김태호 시인은 결코 오늘에 만족하지 말고 '운율어'(韻律語)를 통한 영혼(soul, spirit)의 엔지니어라는 것을 스스로 파악하면서 더욱 시어(詩語) 낱말 하나하나를 가지고 옥을 갈고 다이아몬드를 깎는 것과 같이 심혈을 경주하여 탁마할 일이다.

이 사람은 김태호 시인뿐 아니라 우리나라 시인들의 시작업이 한국 시문학사에 있어서 얼마나 값지고 소중한 역할인지 깊은 애정을 가지고 늘 지켜보고 있다는 것도 여기 곁들여 밝혀둔다.

金兌浩 시인의 약력

1938년 충북 보은에서 태어나 경남 창녕에서 자라고
　　　대구시의 경상중학교, 경북고등학교
　　　대구대학(현 영남대학교)에서 수학

1989년 시 〈닭〉, 〈벙어리새〉로 월간 『한국시』 신인상 등단
1991년 첫 시집 《달빛씻기》 상재
1994년 시집 《한 줄의 시로 하여 서럽지도 않으리라》 출간
　　　제5회 '한국시' 문학상 수상
1996년 시집 《눈나라 소식》 출간
　　　제5회 '우리문학상' 수상
1997년 제1회 '종로문화상' 수상(창작부문)
1998년 시집 《해돋이》 출간
　　　서울시 지방공무원 정년퇴임
2007년 시집 《봄, 오다》 출간

현재　　한국문인협회(용인시지부 회장)
　　　한국시인협회, 국제펜클럽 한국본부
　　　한국가곡작사가협회, 한국시낭송가협회
　　　포럼 · 우리 시 우리 음악, 한국100인창작음악연합회
　　　종로문인협회, 왕인문학회 등 회원임

김태호 제5시집

봄, 오다

·

지은이 / 김태호
펴낸이 / 김재엽
펴낸곳 / **한누리미디어**
디자인 / 지선숙

110-816, 서울시 종로구 부암동 185-5번지 4층
전화 / (02)379-4514, 379-4519
Fax / (02)379-4516
E-mail/hannury2003@hanmail.net

·

신고번호 / 제300-2006-61호
등록일 / 1993. 11. 4

·

초판발행일 / 2007년 9월 10일

·

ⓒ 2007 김태호 Printed in KOREA

·

값 7,000원

·

※잘못된 책은 바꿔드립니다.

·

ISBN 978-89-7969-310-2 03810